I Wear My Feelings

Dona Herweck Rice

Every day and
every place,

I wear my feelings on my face.

I wear a frown
when I feel sad.

I wear a scowl
when I feel mad.

I wear a yawn
when I feel bored.

I wear a pucker
when I feel ignored.

I wear worry lines when I feel afraid and fearful.

I wear dimple lines when I feel pleased and grateful.

I wear a blush
when I feel
embarrassed or shy.

I wear wide eyes
when I feel surprised!

I wear narrow eyes
when I feel suspicious.

I wear my tongue on my lip
when I feel ambitious.

I wear my biggest grin
when I feel excited.

I wear an open mouth
when my brain is ignited.

I wear a big smile
when I feel happy,
and I laugh when my joy
gets extra snappy!